ANATOLE
ROUSSELIN

COMÉDIE EN UN ACTE

PAR

J.-B. BÉNARD

REPRÉSENTÉE POUR LA PREMIÈRE FOIS, A BORDEAUX, AU
THÉATRE-NAPOLÉON, LE   1869

BORDEAUX

IMPRIMERIE J. PECHADE FILS AINÉ

12, rue du Parlement-Saint-Pierre, 12

—

1869

ANATOLE ROUSSELIN

COMÉDIE EN UN ACTE

PAR

J.-B. BÉNARD

REPRÉSENTÉE POUR LA PREMIÈRE FOIS, A BORDEAUX, AU
THÉATRE-NAPOLÉON, LE 1869

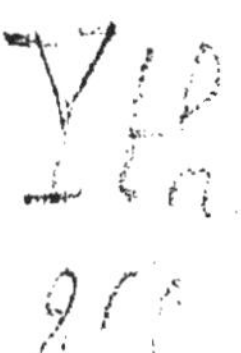

BORDEAUX

IMPRIMERIE J. PECHADE FILS AÎNÉ

12, rue du Parlement-Saint-Pierre, 12

1869

PERSONNAGES

ANATOLE ROUSSELIN, négociant,
   50 ans........................
PAUL, artiste, 25 ans............
TIBURCE, homme de lettres, 25 ans,
   ami de Paul..................
JEANNE, 45 ans, tante de Paul et
   de Marthe...................
MARTHE, 18 ans, sœur de Paul...

LA SCÈNE EST A BORDEAUX.

ANATOLE ROUSSELIN

SCÈNE PREMIÈRE

JEANNE, MARTHE, travaillant à une petite table placée à droite.

MARTHE, posant son travail d'un air ennuyé.

Quel supplice..... et dire que ce trousseau, qui me donne la chair de poule, eût été si bien confectionné, si amoureusement fini, si.....

JEANNE, l'interrompant, debout derrière Marthe.

Encore !.....

MARTHE.

Brisons là, ma tante, je me dévouerai.

JEANNE, brusquement

De grands mots, maintenant. ... quand vous ne devriez avoir que des remercîments flatteurs à me prodiguer.

MARTHE, se levant.

Je ne vous en remercie pas moins pour le bien que vous voudriez me faire.

JEANNE.

Dites que je vous fais......

MARTHE.

Mais si cette union est contraire à mes vœux les plus chers, vous aurez à vous reprocher d'avoir voulu mon malheur (avec force), de m'avoir précipitée dans les bras d'un homme que j'estimerai toujours, comme un ami, comme un père, mais jamais comme un époux.....

JEANNE.

Si je ne vous aimais comme votre mère, ma pauvre sœur ! je ne m'opposerais à aucune de vos fantaisies, mais j'ai reçu d'elle, en même temps que votre tutelle, une somme d'argent assez ronde.... pour....

MARTHE, vivement.

Oh ! une misère.....

JEANNE.

S'il vous arrivait d'enfreindre mes volontés, vous perdriez d'un coup et l'amitié de votre parente et, ce qui est non moins sérieux, à mon avis, un avenir qui se prépare pour vous plein de charmes.

MARTHE.

L'avenir, vous n'avez que ce mot dans la bouche, et le présent, le comptez-vous donc pour rien; vous me repoussez aujourd'hui..... qui sait si demain vous ne viendrez pas me supplier à genoux de rentrer dans une meilleure voie; car enfin, ma tante, sans avoir été jamais mariée.....

JEANNE.

Heureusement.....

MARTHE.

Vous avez aimé vous aussi et savez aussi bien que moi les éternels chagrins que se prépare une jeune fille livrée à des mains dont elle ne pourra subir le joug sans douleur, je dirai plus, sans horreur !

JEANNE.

Il est vrai, comme vous venez de le dire, que j'ai aimé (pause), mais ce n'était plus la même chose.

MARTHE.

Il est vrai anssi, ma tante, que Tiburce est un charmant garçon, pour ne parler qu'au physique.....

JEANNE, vivement.

Sans position.....

MARTHE, de même.

Plein de qualités.

JEANNE, de même.

Incapable de rien faire.

MARTHE, de même.

Un cœur d'or.

JEANNE, de même.

Impie comme votre frère.

MARTHE, éclatant.

Après tout, vous vouliez vous marier, mais vous avez refusé, parce que.....

JEANNE.

Ne parlons pas de cela.....

MARTHE, ironiquement.

Monsieur Jean s'appelait Jean, et.....

JEANNE.

Mais achevez donc, impertinente !

MARTHE, très-vivement et avec malice.

Eh bien ! parce que monsieur Jean s'appelait Jean, c'était là son premier défaut, et qu'il était trop petit...

JEANNE, exaspérée.

Ah ! c'est trop fort..... et qui a osé vous dire.....

(Paul entre sur ces dernières paroles.

SCÈNE II.

LES MÊMES, PAUL, assez violemment.

Moi !.....

(Jeanne et Marthe se retournant vivement.)

JEANNE.

Vous n'êtes qu'un polisson, monsieur mon neveu, et ma prédiction, ma prédiction..... s'accomplira.

PAUL, sur le ton de la raillerie.

Ne s'accomplira pas, chère et tendre demoiselle, et pour commencer je vous apporte une bonne nouvelle, que je vous annonce sans préambule : Tiburce est arrivé ce matin. (Mouvement de Marthe.)

MARTHE, très-émue.

Est-il possible !.....

JEANNE.

Un conte. En tout cas, je suis désolée, mais.....

MARTHE, suspendue pour ainsi dire aux lèvres de Jeanne.

Mais !.....

PAUL, prenant Marthe par la main et regardant sa tante.

Vous ne le recevrez pas, c'est justice ; on ne peut

voir en face les gens capables de dévoiler vos petites scènes d'intérieur. Son oncle Jean (raillant). Vous avez bien connu monsieur Jean, vous ; ma tante (Jeanne hausse les épaules) lui a tout conté et vos prétentions d'alors ! et le reste, et malgré que vous n'ayez pas encore cinquante ans.

JEANNE.

Impertinent.....

PAUL.

Il ne désire nullement la mort de sa femme pour convoler une deuxième fois.

JEANNE.

Il m'aimait, pourtant.

MARTHE ingénument.

Et vous ne l'aimiez pas, ma tante ?

JEANNE.

Si..... comme on aime un frère.

PAUL , ironiquement.

Et peut-être un peu plus, plus loin même que ne l'ordonne l'amour du prochain.

MARTHE, doucement.

Paul !.....

JEANNE, irritée, à part.

Ciel ! s'il savait..... (Haut, à Paul.) Insolent !..... oser traiter ainsi la sœur de sa mère.

PAUL.

Il faut le savoir, je vous jure, car vous n'avez rien de notre pauvre mère ; j'en appelle à Marthe ?

MARTHE, hésitant.

Mon frère.....

JEANNE, au comble de l'exaspération.

Elle était trop faible, votre mère, mauvais sujet, et si jamais je me suis aperçue de cette vérité, c'est aujourd'hui. (A Marthe.) Marthe ! sortons d'ici ; ton vaurien de frère me ferait offenser Dieu par de vilaines paroles.

(Elle sort entrainant Marthe. — Arrivée près de la porte, elle se retourne et dit à Paul.)

L'enfer pour toi, malheureux enfant !

MARTHE, *doucement.*

Il viendra !.....

(Elles sortent.)

SCÈNE III.

PAUL, *regardant la porte par où sont sorties Jeanne et Marthe.*

Vieille fille, va !..... créature hypocrite. Je me moque de tes bigoteries effrontées, de tes calculs, de tes religieuses intentions ; je n'aime pas tes poses de sacristie qui ont caché à nos yeux une faute dont, heureusement, le fruit est mort, ne laissant aucune trace. Qui s'en serait douté ?... sans la révélation de Tiburce. *(Se retournant.)* Enfin, on peut avoir son moment d'erreur ; mais ce qui est infernal, c'est cette existence, et cela depuis vingt ans, peut-être plus, et dire que rien n'a pu nous révéler... *(Changeant de ton.)* Mais tout cela ne fait pas les affaires. *(Il s'assied devant son chevalet.)* Il paraît que c'est trop commun d'acheter des tableaux ; je viens de chez mon marchand, pas même une mise à prix, une estimation ; on transvase les tableaux de l'air térébenthiné de l'atelier à l'atmosphère mercantile de l'étalage, en passant par l'air pur de la rue, et c'est tout ; nous ne sommes pas des artistes, mais bien des colporteurs de tableaux, encore faudrait-il se monter..... et une hotte coûte cher !..... *(Se levant.)* L'art ! les artistes ! mots creux, bouffis de misère et de déceptions, magnifiques lorsqu'ils ne sont pas la route de l'hôpital ; il est vrai que le commerce a pour coulisses la banqueroute, et pour toile de fond le bagne, ce qui est moins honorant, mais enfin on a vécu et tout est là aujourd'hui ; que je suis bête ! aujourd'hui ! et hier ! il y a un siècle ! il y a..... et toujours quoi !..... *(Comme se parlant.)* Tu veux être artiste, eh bien ! aie seulement le courage de lire le Dictionnaire étymologique des misères que tu auras à endurer, que de passages de Bérésina, même en plein soleil.... Après tout, c'est le siècle qui veut çà, car il ne s'agit pas de naître aujourd'hui. Par ce temps de progrès, on veut des hommes arrivés, pas de demi-grands hommes, pas d'avortons ; le public veut ignorer les luttes incessantes de l'artiste, ne veut pas entendre parler de ses défaillances ; et que son grand homme descende directement du *Soleil-Paris* ou qu'il soit issu du plus humble de ses rayons, sa Majesté Public ordonne qu'il lui soit servi dans son épanouissement. On pourrait partir de là pour lui croire le goût des grandes et saines choses..... Erreur! on le voit tous les jours préférer la photographie à la peinture, les folliculaires d'un sou aux belles inspirations des maîtres, la bouffonnerie Meillachalevy Offenbachique, aux opéras de Rossini, du grand Rossini! et tant d'autres errements; est-ce un bien? non! est-ce un mal? malheur à celui qui oserait le prouver! et voilà ce que c'est, et pourtant que de libertés, que de..... je ne sais quoi dans ce mot qui vous attire et vous tue. (Pause.) Au diable les alarmistes, il vaut peut-être mieux mourir de cette mort-là!

(Il s'arrête. On entend un bruit de pas dans le couloir de gauche ; Jeanne apparaît bientôt, suivie de Marthe.)

SCÈNE IV.

JEANNE, un livre de prières à la main , appelle.

Marthe..... Marthe..... manquerons-nous la messe encore aujourd'hui ?....

MARTHE, arrivant,

Voilà, ma tante, voilà.....

PAUL, souriant et railleur, gravité comique.

Allons, mademoiselle, la grande prêtresse n'attend pas! Priez donc le bon Dieu de vous rendre l'esprit sain, sans calembours (Pour toute réponse, Jeanne lance à Paul un regard de mépris.)

MARTHE, le grondant doucement.

Tais-toi, Paul, tu l'exaspères.....

PAUL.

C'est ce que je veux, précisément. (Arrêtant Marthe qui va sortir. Marthe, ne m'embrasses-tu pas avant de partir?

MARTHE, étonnée d'une pareille question.

Qui peut m'en empêcher, mon bon frère.

PAUL , un peu ému, l'embrasse.

C'est du courage que tu me donnes là...

MARTHE, inquiète.

Que veux-tu dire ?.....

PAUL, mystérieusement.

Silence, petite sournoise.....

MARTHE, rayonnante.

Serait-ce ?.....

PAUL, souriant.

Précisément. (On entend Jeanne appeler Marthe du couloir du fond)

MARTHE, sortant gaîment.

Me voilà. (Arrivée à la porte, elle se retourne et envoie un baiser, en disant.)
Pour lui !.... Paul, du courage. (Elle sort.)

SCÈNE V.

PAUL, seul et avec émotion.

Tant de jeunesse et de beauté irait se perdre par un
mariage violenté, s'étioler dans le comptoir humide et
triste d'un marchand de produits qui n'ont pas même
l'avantage de la bonne odeur; passe encore pour la
parfumerie, je m'y ferai assez vite, moi, mais le fro-
mage et la morue compliqués d'huile d'olive et de
savon — quelle existence, grand Dieu ! — Décidément,
c'est impossible, mon amour de frère frémit à cette
pensée, et dussé-je perdre cette bataille, je l'entre-
prendrai pas plus tard qu'à la première visite de ce
brave monsieur Rousselin. (Pause) Brave est bien le
mot, mais, bon Dieu, s'il n'a que cela. (Avec résolution.)
Non, mille fois non !..... de par Balzac mon patron,
j'agirai de ruse (pause) et s'il le faut, me servrai du
talisman de Tiburce, une certaine lettre dont il me
parlait ce matin. Mais comment entreprendrai-je cette
grave affaire, car on ne peut user de violence
qu'après explication. Quel résultat obtiendrai-je de
cet homme avare, de ses poignées de main autant
que de ses pièces de cent sous, mais dont la probité
bien connue impose. Lui faire ressortir les avantages
qu'il y aurait à allier le commerce et l'esprit *(car
Tiburce n'est certes pas pignouf)*, le négoce et l'intel-
lect, l'alliance du gruyère et de la lyre. (Pause) Non, ce
serait trop lui dire qu'une lacune existe dans sa maison,

ce serait enfin lui proposer une association, et Tiburce n'a pas le sou ; d'un autre côté, lui rappeler les services que lui rendit mon oncle, lors de son établissement ; oh ! non, je suis fou, je mendierai, ni plus ni moins.... (S'asseyant à droite.) Et cependant, que ne ferai-je pas pour le bonheur de Marthe et de mon meilleur ami Tiburce à qui j'ai promis de mettre toute ma science d'élocution et d'amitié au service de son amour pour Marthe. (Inquiet.) La tâche est rude, peut-être au-dessus de mes forces. Mais le sublime Corneille n'a-t-il pas dit :

A vaincre sans périls, on triomphe sans gloire.

(Se levant et écoutant.) Mais si je ne me trompe, voici quelqu'un, ce doit être Tiburce qui vient me serrer la main et m'inviter à déjeuner, peut-être ; qu'il soit le bienvenu ! l'artiste se rattrape seulement à ces heures-là. (Tapant sur son gousset.) Lorsqu'il peut.....

SCÈNE VI.

PAUL, ROUSSELIN.

PAUL, surpris.

Tiens, ce bon monsieur Rousselin qui vient léger comme la gazelle, le cœur plein d'amour.....

ROUSSELIN, l'interrompant, air très-affairé.

C'est très-joli, mais les affaires sont les affaires ; eh ! bien, qu'en pensez-vous?...

PAUL.

Mais je vous remercie, Marthe se porte assez bien ce matin...

ROUSSELIN, faisant une légère moue.

Oh ! pardon, je suis en effet bien mal appris de ne pas...

PAUL, l'interrompant.

Il n'y a pas de mal, monsieur Rousselin, et vous êtes déjà pardonné.....

ROUSSELIN.

Croyez bien que..... Oh ! c'est sans intention, c'est que, voyez-vous, mener de front une maison de commerce, et mon rôle d'amoureux, à mon âge !

PAUL, de même.

De grâce — c'est déjà de l'histoire ancienne.

ROUSSELIN.

Vous voudriez pallier ma faute, mon manque d'égards pour cette chère mademoiselle Marthe que j'adore, et pour laquelle vous me voyez ici tous les jours.

PAUL.

Je comprends. Vous veniez pour obtenir une réponse.....

ROUSSELIN, empressé.

Oh ! cela ne presse pas, cher ami, quand cette adorable créature sera disposée. (Avec exaltation) Le plus tôt ne sera que le mieux, vous le pensez bien ; mais qu'elle ordonne, et je suis le modèle des caniches passés, présents et futurs.

PAUL.

(A part) Entamons, c'est le moment..... (Haut) Vous l'aimez donc bien?.....

ROUSSELIN.

Au point que j'ai manqué plusieurs expéditions excessivement pressées, car depuis quelque temps, il faut bien l'avouer, je suis on ne peut plus négligent dans mes affaires.....

PAUL.

A grand tort, monsieur Rousselin.

ROUSSELIN.

Je ne vous comprends pas, ou je vous comprends trop, parlez..... Y aurait-il quelque empêchement à l'accomplissement de cet hymen, qui fera, je l'espère, notre bonheur à tous. (Avec volubilité.) Ne suis-je pas assez riche, ai-je dans mon passé quelques-unes de ces histoires graveleuses qui marquent au front d'un signe de bannissement? car si j'entends bien, il ne s'agit que de cela et je ne crois pas qu'aucune autre question...

PAUL.

Erreur !.....

ROUSSELIN.

Qu'est-ce à dire ? Mon genre de commerce ne plaî

rait-il pas à mademoiselle Marthe? — J'avoue en toute humilité — qu'il me crèverait le cœur de me retirer au plus beau moment. Mais s'il le fallait absolument.....

PAUL.

Ah! monsieur Rousselin, je vous accuse de lèse-galanterie pour vous et vos confrères; mais peut-on trouver dans le commerce une exploitation plus inté-ressante (ton moqueur), plus sentimentale, et pardessus tout plus productive?

ROUSSELIN.

Vous nous flattez, mon ami... mais me direz-vous...

PAUL.

Je vous dirai encore..... que je blâme de toute la force de mon bon sens ces gens qui, dédaignant une alliance avec ce qu'ils appellent des épiciers, marient leurs enfants avec des vauriens, sans un sou vaillant, capables tout au plus de faire gentîment des dettes. — Pour ma part, je trouve on ne peut mieux assorti la palette et la chandelle de six, la plume et la morue; et le tablier bleu de l'épicier cache quelquefois un torse à la Michel-Ange.

ROUSSELIN.

Permettez-moi de prendre votre petite allocution en faveur de nos principes pour ce qu'elle vaut; s'il y a un peu de vérité, il y a aussi beaucoup d'ironie.

PAUL.

A votre aise.

ROUSSELIN.

En fin de compte, tout cela ne m'explique pas?

PAUL.

Nous y voilà; j'ai retardé autant que possible cet entretien qui, croyez-le bien, me navre; mais je ne puis rester plus longtemps le dépositaire d'un secret qu me pèse autant qu'il me répugne à vous confier.

ROUSSELIN, vivement.

Bon Dieu..... que veut dire?.....

PAUL.

Pas grand'chose. surtout à votre âge.

ROUSSELIN, de même et avec dépit.

Je ne comprends pas davantage.

PAUL.

La disproportion, quoique sensible, n'est pas trop flagrante, mais.....

ROUSSELIN, de même.

Mais..... mais..... mais... . quoi ?

PAUL.

Eh bien ! monsieur Rousselin..... vous avez.....

ROUSSELIN, vivement.

Des cheveux blancs, voyez donc le beau prétexte, et n'est-ce pas, s'il vous plaît, dans l'ordre des choses, pour nous surtout, hommes d'affaires, importants plus qu'on ne pense, objets de bien des convoitises, je le sais ; on envie notre probité, notre désintéressement, notre façon carrée de traiter les affaires et les gros bénéfices qui viennent nous récompenser d'un travail gigantes-que..... (S'échauffant par degrés.) Ne travaille pas qui veut à ce grand monument qui fera honneur à notre siècle. Il faut, non des hommes, mais des géants, et c'est pour-quoi il nous faut aussi des femmes dignes d'un pareil honneur. — Vous avez raison, Marthe est trop jeune pour un vieux loup comme moi.....

PAUL. , à part.

Quel décousu.

ROUSSELIN.

Et ne connaît probablement pas la tenue des livres ? le lui avez-vous jamais demandé ?

PAUL.

De tenue de livres, mais il n'en est pas plus question que du Grand Turc !.....

ROUSSELIN, toujours même jeu.

Mais, enfin, me direz-vous.

PAUL.

Eh bien ! monsieur Rousselin (avec mystère). vous avez un rival.

ROUSSELIN, bondissant.

Est-ce Dieu possible !

PAUL, imperturbablement et avec un sourire de satisfaction·

Comme j'ai l'honneur de vous le dire.

ROUSSELIN, exalté.

Et quel est, s'il vous plaît, le galopin qui a osé penser supplanter un homme posé dans les affaires, et qui, au défaut, je l'admets, de mille détails physiques, poétiques, comme disent les petites filles romanesques de notre siècle, possède vingt mille livres de rente, et qui suent — monsieur, qui suent — c'est-à-dire plus qu'il n'en faut pour rouler carrosse et draper ces dames dans le satin et le velours. (Au comble de l'exaltation) Ah ! vous ne voulez pas d'alliance, quand tout le bénéfice est pour vous ? Et moi qui croyais vous obliger beaucoup en m'acquittant envers votre famille d'une dette de cœur, je puis le dire, contractée envers votre oncle qui, disons-le à sa louange, entendait mieux les affaires que votre père, qui n'y entendait pas plus que cela !....

PAUL.

Les affaires, les affaires, une belle chose sans doute, mais tout le monde n'est pas né pour en savourer l'arome *argenté*, mon bon monsieur Rousselin ; je suis fâché de vous interrompre pour un instant, mais votre sans-façon de tout à l'heure m'y autorise.

ROUSSELIN.

Pardon, mille fois pardon, mais vous me direz....

PAUL.

Tout simplement que notre société, ni plus mauvaise, ni meilleure que celle qui nous a procédée et que celle qui nous suivra......... sera toujours composée de couches saines et de couches pestilentielles d'hommes trapèzes venus au monde dans un tourbillon et qui, de sauts en sauts (sans calembours), finissent par celui de la carpe qui ne réussit pas toujours, de matérialistes, d'indifférents et d'imbéciles, d'inutiles, et ceux-là ne sont pas les moins à craindre, de partageux, de gâcheux et d'avaricieux, comme a dit Gavarni, ce noyau formé compose le commerce, ses tenants et ses aboutissants, une parfaite harmonie succède au brouhaha infernal qui préside à toutes les grandes machines *(terme artistique)*;

une fois organisé, tout ce monde-là grouille, se démène, crie, hurle, fourmille. blasphème, raille presque toujours et partout. Une seule chose importe, avant tout, se garer du monstre qu'on appelle la Faillite.

Mais, tranquillisez-vous, monsieur Rousselin, vous, le représentant intègre, l'homme probité, le type du bon commerçant ; tranquillisez-vous, je ne vous classe pas dans cette catégorie-là ; mais prenez note que la grande marmite de l'humanité contient encore assez de bouillon pour tremper la soupe à ceux qu. ne sont ni des commerçants, ni des bourgeois, ni des titrés, ni des jurisconsultes ; mon père était un de ceux-là, il n'est pourtant pas mort de faim.

ROUSSELIN.

Ce que vous venez de dire a du vrai, beaucoup même ; mais, de grâce, ne croyez à aucune allusion blessante.

PAUL.

Je l'espère et le crois, je défends mon drapeau, vous défendez le vôtre, mais toute raison malveillante est arme prohibée.

ROUSSELIN.

Vous avez trop bon cœur pour croire à une malveillance de ma part ; mais ne pourrais-je donc jamais savoir ?.....

PAUL.

Nous y voilà. Je disais donc que vous aviez un rival !.....

ROUSSELIN.

Jeune ?

PAUL.

Oui !

ROUSSELIN.

Riche ?

PAUL.

Non !

ROUSSELIN, se rengorgeant.

Alors je gagne la partie.

PAUL.

A savoir, je crains que non.

ROUSSELIN.

Alors il y a refus formel de mademoiselle Marthe ?

PAUL.

Peut-être.

ROUSSEIN.

Mais savez-vous bien comment on aime à mon âge ?
Ce n'est plus cette folie de vingt ans, mais bien le résultat d'un calcul mûrement réfléchi, c'est le devoir
qui crie plus fort que le bonheur.

PAUL.

Pure convenance, enfin, pour gazer la chose.

ROUSSELIN.

Vous exagérez, et mon amour est tellement vrai,
qu'un mauvais dénoûment me rendrait la vie insup-
portable — et bien sûr — j'en mourrai de chagrin !.....

PAUL.

Mourir de chagrin ! de cette malheureuse fin de vos
amours un peu tardives ; allons donc, vous êtes un
homme de raisonnement ; mettons pour un moment le
sentiment de côté et, toutes choses bien pesées, dites-
moi, s'il n'y aurait pas pour vous un autre moyen
de.....

ROUSSELIN, vivement.

Moi, céder, jamais !..... et mon entêtement n'aura
d'égal que mon amour, je ne crains pas de le dire.

PAUL.

Cependant.....

ROUSSELIN.

N'en parlons plus, et jusqu'à ce que j'aie entendu
sortir de la bouche de mademoiselle Marthe un refus
jormel, ce qui n'est pas possible, je ne me tiens pas
pour battu.

PAUL.

Comme il vous plaira, monsieur Rousselin, mais
j'aurai l'honneur de vous écrire nos intentions bien
arrêtées.

ROUSSELIN, éclatant.

Donc, vous me chassez, c'est clair; pour le coup c'est trop fort, et si j'y comprends quelque chose, je veux être pendu. (Brièvement.) Il est donc inutile de réitérer une question, puisque vous êtes bien décidés, votre tante et vous, à garder, elle sa nièce, vous votre sœur, y compris sa fortune.

PAUL.

Vous venez, monsieur Rousselin, de prononcer un mot qui ne pouvait tomber plus à propos.

ROUSSELIN.

Et quel mot?... Fortune.....

PAUL.

Précisément. Croyez-vous donc qu'on puisse associer vos richesses, car vous êtes riche, très-riche.

ROUSSELIN, se rengorgeant.

Ce n'est pas sans peine.

PAUL.

Je ne le conteste pas. Croyez-vous, dis-je, qu'on puisse raisonnablement associer votre fortune aux quelques petits billets de mille que possède ma sœur? En vous engageant, vous n'y gagnez rien qu'une femme coquette, comme toutes; votre fortune, au lieu de grossir, diminue. Marthe ferait ce qu'on appelle une bonne affaire, tant qu'au magot, mais.....

ROUSSELIN, revenant.

Mais ne voudrait pas s'embarrasser d'un autre... magot.

PAUL.

Croyez bien que mon intention n'était pas.....

ROUSSELIN, vivement.

De me blesser, je le crois aussi, mais songez-y!..... Vous me direz votre dernier mot sous peu, je l'espère, car cette histoire des quelques petits billets de mille n'est peut-être qu'un prétexte.

PAUL.

Prétexte, soit; mais si vous vous sentez assez fort pour lutter contre l'amour violent que Marthe offre à

Tiburce en échange d'un amour non moins violent,
mais sans un sou, ce qui complique singulièrement
la chose, entrez en lice. M. Rousselin, au vainqueur la
palme!...

ROUSSELIN, avec dédain.

Je ne me donnerai même pas la peine de me barder
de fer, j'ouvrirai mes sacs d'écus et la partie est gagnée.

PAUL.

Alors, vous croyez que le bonheur est là?

ROUSSELIN.

Pour nous, hommes d'affaires, oui. Je sais bien qu'il
existe une infinité de catégories de gens qui le placent
dans le talent, la famille; pour d'autres, les chevaux,
les femmes, l'absinthe, le tabac, la chasse et la rêverie,
constituent, suivant eux, le bonheur. Erreur! il n'est
que dans l'or! il n'est que dans la modeste pièce de
cent sous! entassée, bien entendu.

PAUL.

Mon ami Tiburce (Rousselin tressaille à ce mot), votre rival,
le place dans son mariage avec Marthe; il est seul au
monde, et.....

ROUSSELIN, vivement ému.

Tiburce, avez-vous dit?

PAUL.

Certainement. Mais qu'avez-vous donc? on dirait
que ce nom vous rappelle celui d'un débiteur en re-
tard?.....

ROUSSELIN, de même.

Dites plutôt d'un créancier, mais ce ne peut être lui
et je m'alarme à tort; mais ce Tiburce est sans parents,
m'avez-vous dit?.....

PAUL.

Son père, exilé volontaire, mourut au Sénégal.

ROUSSELIN, agité.

En êtes-vous sûr?.....

PAUL.

Des lettres laissées par lui (Rousselin tressaille) contiennent
des détails à ce sujet, mais c'était un si honnête

homme que sa main s'est refusée à tracer le nom du misérable.....

ROUSSELIN.

Mais qu'est devenu cet homme?.....

PAUL.

Fauché, c'est-à-dire mort depuis longtemps.

ROUSSELIN.

Ciel! Jacques Didier, mort!... et son fils... c'est....
(éclatant.) Oh! maintenant, monsieur Paul, j'ai perdu la partie sans même avoir combattu. C'est moi qui vous écrirai, ce soir, tout de suite; non, je vais vous dire. Oh! je suis fou! (Il sort très-agité en répétant) Tiburce! Jacques! mort.....

SCÈNE VII.

PAUL, seul.

Mille millions de vert véronèze, si j'y comprends quelque chose, à mon tour, je veux être écartelé aux pieds de mon chevalet. Est-ce une émotion vraie qui vient du cœur ou une histoire terrible se cache-t-elle sous ce nom : Jacques Didier... Mystère... mystère... (regardant sa montre.) De par *Jupiter tonnant*, ces émotions me bouleversent, et si un ami complaisant pouvait me happer au passage et me faire l'impolitesse d'un déjeuner, je lui tiendrais compte de ses excuses. (Prenant son chapeau, et se disposant à sortir par le fond.)

SCÈNE VIII.

MARTHE et JEANNE croisent PAUL.

JEANNE, froidement.

Vous sortez?

MARTHE.

Sans déjeuner?

PAUL.

Je n'en déjeunerai que mieux..... au restaurant.

MARTHE.

Ingrat, tu ne nous aimes donc plus?

PAUL.

(Il attire Marthe et l'embrasse au front.) Tiens, méchante!... .

JEANNE.

C'est tout au plus si nous valons la peine de lui confectionner un pot-au-feu; monsieur le trouve meilleur, en mauvaise compagnie, allez donc! mais vous ferez tant que vous perdrez jusqu'à mon estime.

PAUL, durement.

Je ne perdrai peut-être pas tant que vous pensez, mais trève de compliments, au revoir. (Il sort.)

JEANNE (avec colère. à Marthe).

Il m'insulte et tu ne dis rien. Mais ce n'est pas cela, vous avez eu des distractions pendant le saint sacrifice de la Messe, mais des distractions à me faire frémir.

MARTHE, doucement.

A mon âge, ma tante, il y a autre chose que.....

JEANNE, exltée.

Comme le frère maintenant, c'est la mode aujourd'hui, l'impiété règne sur toute la ligne!.....

MARTHE.

Vous exagérez.

JEANNE.

En revanche, le bon sens commande, dit-on, et quel bon sens! mon Dieu?.. ..

SCÈNE IX.

TIBURCE entrant par le fond.

TIBURCE les saluant avec emphase.

Mesdemoiselles, car vous l'êtes toutes deux, et l'on ne saurait vraiment quelle est la plus jeune, si, à l'air recueilli de mademoiselle Jeanne, on ne sentait la supériorité. (Il s'approche d Marthe pour lui adresser quelques compliments.) Mademoiselle.....

JEANNE, tirant Marthe par le bras.

Marthe est un peu souffrante et vous nous excuserez.....

Vous vous trompez, ma tante.

JEANNE.

Pas de réplique, mademoiselle; avez-vous déjà oublié les bons avis que vous donnait, il n'y a qu'un instant, votre directeur?.....

TIBURCE.

Mademoiselle n'en avait certes point besoin.

JEANNE.

Autant que beaucoup d'autres que je ne nommerai pas. (à Marthe.) Allons, montrez-moi le chemin, petite impertinente, vous avez bien le temps d'entendre des fadeurs. (Marthe sort par la gauche, suivie de Jeanne qui intercepte ainsi un baiser envoyé à Marthe par Tiburce.)

SCÈNE X.

TIBURCE, seul, rage concentrée.

Mon Dieu! mon Dieu! ne pourrai-je donc jamais me venger, et lancer à la tête de cette vieille fille — criminelle — je puis le dire, ces vérités qu'elle croit ensevelies dans un oubli éternel. En effet, qui se doute dans sa famille, dans ceux qui l'entourent, qu'elle a eu, comme beaucoup d'autres, son heure d'égarement! on ne voit en elle qu'une sainte personne capable de toutes les bonnes œuvres!..... Hypocrite qui cache sous le manteau d'une piété calculée, un passé dont elle rougirait, j'en réponds. Mais s'il faut lui arracher cette réponse qui couronnera mon amour, je le ferai, je veux la voir à mes genoux, me suppliant de lui rendre ces preuves écrites. Le fruit de sa faute n'étant plus de ce monde, n'ayant fait que respirer et mourir, ces preuves me serviront à quelque chose.

SCÈNE XI.

MARTHE entre, ayant l'air de chercher son livre d'Heures.

MARTHE, tournant le dos à Tiburce.

Je l'avais pourtant posé là.....

TIBURCE.

(A part.) Qu'elle est jolie. (Haut.) Et quoi donc, mademoiselle Marthe?.....

MARTHE, simulant la frayeur.

Monsieur Tiburce.....

TIBURCE.

Qui vous aime et vient pour la dernière fois supplier une parente inflexible de vouloir bien hâter notre bonhenr.

MARTHE.

Je doute que vous la trouviez aujourd'hui plus décidée qu'hier, que toujours.....

TIBURCE.

Qu'importe, je la supplierai, et si ma voix ne peut trouver d'écho dans son cœur endurci, j'ai en main un talisman qui la décidera peut-être. Mais ne parlons pas de nos malheurs et laissez-moi vous dire tout le bonheur qu'on éprouve à se revoir.

MARTHE.

Cela dépend, monsieur Tiburce, car s'il faut se séparer, la douleur n'en est que plus grande !.....

TIBURCE.

Nous séparer, Marthe..... Y pensez-vous?

MARTHE.

Hélas! c'est mon unique préoccupation.

TIBURCE.

Mais sachez bien, Marthe, que j'en mourrai !

MARTHE.

Façon de parler que tout cela ....

TIBURCE, très-ému.

Mon Dieu, que je suis malheureux, d'une part le mépris, de l'autre l'indifférence ; tant qu'au mépris, qui n'est que de la haine mal déguisée, il ne m'atteint pas..... mais l'indifférence venant de vous, Marthe, c'est la mort !..... (Il se jette à genoux.) Et Dieu sait si je veux vivre, je vous aime tant. (Elle le relève.)

MARTHE, très-émue.

De grâce, Tiburce, je ne vous en aime pas moins pour cela, mais je pense.....

TIBURCE.

A l'avenir ? n'est-ce pas.....

MARTHE, tristement.

Oui !.....

TIBURCE.

L'avenir ! Marthe, l'avenir ! mais c'est le jour présent qui se trouve là-bas dans le vide, plus loin, soyons heureux aujourd'hui, n'aurons-nous pas le souvenir demain !.....

MARTHE.

Vous m'entendez mal, Tiburce.

TIBURCE.

N'ai-je pas le courage de travailler?

MARTHE.

Je n'en ai jamais douté, mais.....

TIBURCE.

Et mon talent, jeune il est vrai, peut......

MARTHE.

Je sais ce qu'on appelle les bénéfices de l'instruction.

TIBURCE.

Si j'entends bien, vous ne croyez ni à mon courage, ni à mon talent, je suis à me demander si vous ne doutez pas encore de mon amour!.....

MARTHE.

Douter de votre amour, vous voyez bien que non, puisque je ne vous parle de mon mariage, projeté par ma tante, avec ce brave monsieur Rousselin, qu'à titre de mémoire.....

TIBURCE.

Paul m'en a instruit.....

MARTHE.

Ma tante n'est blâmable qu'à moitié, car enfin, que deviendra-t-elle si mon mariage ne lui permet pas de rester toujours avec nous?.....

TIBURCE.

N'a-t-elle donc rien?

MARTHE.

Presque rien.....

TIBURCE.

Eh bien ! elle a le couvent !.. ..

MARTHE.

Quelle raillerie. ...

TIBURCE.

Ce serait la digne fin d'une vie si exemplaire.

MARTHE.

Vous avez l'air d'en douter !.....

TIBURCE.

Si cette vie n'était pourtant qu'un mensonge.

MARTHE, froidement.

Assez, monsieur, sans être impeccable, ma tante mérite mieux que le mépris.

TIBURCE.

Marthe, vous me croiriez capable..... Mais vous ne m'aimez donc plus?

MARTHE, émue et presque suppliante.

Ne blasphémez pas, Tiburce.

TIBURCE, transporté.

Alors.....

MARTHE.

Vous le savez bien..... (Résolûment.) Mais ne perdez pas de temps, Dieu fera peut-être un miracle, je vais le prier pour notre bonheur, et s'il faut pour vous donner du courage une bonne parole.....

TIBURCE.

Oh ! oui !..... Marthe, dites.

MARTHE.

Eh bien! Tiburce..... je (s'arrêtant.)

TIBURCE, suspendu à ses lèvres.

Je.....

MARTHE.

Je vous aime!..... (Elle sort précipitamment.)

TIBURCE, exalté.

O bonheur! et maintenant en route. Marthe m'a
dit : Dieu fera peut-être un miracle, et fort de cette
parole, je vaincrai toutes les difficultés, je briserai les
obstacles ; et quel est l'homme assez cruel pour refuser
du travail à une voix émue comme la mienne, et
pourtant une peur terrible s'empare de moi, que vais-
je faire ?..... A la garde de Dieu..... Allons, pauvre
amoureux transi, à la recherche de la terre promise.

SCENE XII.

PAUL, qui apparaît à la porte du fond, lui barre le passage, il est légèremen
en goguette.

Trop tard, le portier de l'établissement vient de
rendre l'âme à l'instant, tu ne pourras donc pas le
visiter aujourd'hui (riant), Tiburce.

TIBURCE.

Paul !.....

PAUL.

Oui, Paul, retour du *Chapon fin* et non retour de
l'Inde.

TIBURCE, s'apercevant de l'état de Paul.

Dieu me pardonne.

PAUL.

Que lui as-tu fait, grand nigaud ; mais revenons à
nos moutons : où allais-tu donc si empressé, jeune et
intéressant porte-plume de l'avenir, dis-moi, où allais-
tu ?.....

TIBURCE.

De la raillerie, Paul, ce n'est pas le moment.

PAUL.

Tout doux !..... bel Arsène, de la raillerie ; allons
donc, dis de la raison.

TIBURCE.

(A part.) Troisième édition. (Haut.) Il te faudrait d'abord,
pour parler raison, être en état.

PAUL.

Erreur ! ma philosophie sort avec les vapeurs, non

de cette ivresse qui fait mal à voir, car je ne suis pas un ivrogne et je ne déshonore pas le vin ; mais bien de ce contentement d'un intérieur bien chaud, lorsqu'au dehors souffle la bise, voilà tout.

TIBURCE.

C'est déjà trop.

PAUL.

Voyez donc la demoiselle, tu n'es pas gentil, Tiburce, mais ça ne n'empêchera pas de te donner un conseil, plusieurs même, au sujet de..... tu sais.

TIBURCE.

Passons le prologue.

PAUL.

Ma pièce n'a qu'un acte, mais quel acte !..... ô ! Balzac !..... acte qui se joue tous les jours et à toute heure depuis que l'aurore aux doigts de roses et que le soleil nous retirant sa lumière va se coucher comme un humble mortel, sont à la disposition des poètes et du pauvre monde.

Comédie horrible et sublime ! qui a pour théâtre le monde, pour décors la nature, et pour souffleur la multitude ; je ne parle pas des principaux acteurs, ils ne sont pas toujours à la hauteur de leur rôle.

TIBURCE, souriant.

Vrai, pour un homme qui a trop déjeuné, ça n'est pas trop mal, mais je te fais grâce du reste.

PAUL.

Du tout, un ivrogne est têtu et l'idée d'une entreprise colossale dont je vais te faire part me revient sans cesse. Cette idée aurait pour titre *Société anonyme des Poissons réunis*. Le discours d'ouverture, car on n'inaugure rien aujourd'hui sans discours de circonstance, plus ou moins long, suivant les dimensions du bâtiment ; le discours d'ouverture, dis-je, roulerait sur cette grave question : « De l'influence des ondulations de queue de morue à la surface de l'Océan, au point social et politique, » car figure-toi !.... rien d'agréable comme la société anonyme, qui n'est autre chose qu'un banquet ; une fois les convives à table, l'amphytrion se lève et se sauve emportant le dessert dans ses poches, heureusement que l'actionnaire est une plante vivace et qui rend beaucoup.

TIBURCE, impatienté.

Autant me proposer un vol avec effraction ? mais où diable veux-tu en venir avec ta philosophie après boire.....

PAUL.

Qui en vaut une autre..... mais je continue.

TIBURCE.

C'est heureux, je ne puis t'accorder que quelques minutes.

PAUL.

Que tu emploiras à me dire le résultat de ton entre tien avec Marthe, car le hasard vous aurait bien mal servi si vous ne vous étiez déjà roucoulé quelque délicieuse canzonetta en vingt mille couplets sur ce grand thème : l'Amour sans fortune, ou l'accouplement de la guitare et du boléro.

TIBURCE.

Je m'aperçois que la plaisanterie prend des proportions, et pour en finir plus vite, j'aime Marthe, tu le sais mieux que personne.

PAUL.

Quart de raison, mon ami, il faut des travailleurs aujourd'hui, la vie s'écoule facilement pour toi entre une rêverie et un mauvais cigare; mais plus tard, quand, chargé d'une femme (souriant) et du complément, il te faudra parer aux impérieux besoins qui se dressent terribles et menaçants devant quiconque n'a pas voulu se noircir les mains ou la conscience. Pourquoi n'entreprendrais-tu pas les voyages pour une maison de commerce, tu as de la tenue, une certaine facilité d'élocution.

TIBURCE, ennuyé.

Je ne ferais jamais qu'un Gaudissart de troisième catégorie.

PAUL.

Mieux que cela, si tu veux être maître et non esclave, c'est trop naturel, et je veux te donner un conseil sur une entreprise qui te donnerait peut-être des millions pour tes vieux jours.

TIBURCE.

Brisons là, Paul, tu te ris de moi !.....

PAUL.

Mais du tout, parlons-en, au coutraire.

TIBURCE.

Ton insistance en pareille matière me ferait supposer que la main de Marthe ne m'est donnée que sous condition.

PAUL.

Peut-être bien !.....

TIBURCE.

Oh ! dans ce cas, parle, je t'écoute ; oui, pour elle je travaillerai, car tu as raison, je lui dois plus que mon amour, mais sois tranquille. ami, je l'aime trop pour..... mais continue, sérieusement, si c'est possible.

PAUL.

Le besoin d'une boutique où l'on débiterait de la morale au boisseau et des exhortations au bien au demi-kilogramme avec primes et tremplin dans l'arrière-boutique se fait vivement sentir. l'établissement s'attacherait, en outre, un professeur qui enseignerait aux jeunes gens qui se lancent dans le monde des affaires, ou dans l'autre, tous les exercices nécessaires à cet effet, depuis le simple croc-en-jambe jusqu'au saut périlleux de la carpe, indispensable dans toute entreprise sérieuse. Cette spéculation, car c'en est une, aurait de grandes chances de succès ; mais tu es un peu jeune.

TIBURCE.

Fais-moi grâce de tes réflexions qui sont on ne peut plus déplacées, ou sinon je te laisse.

PAUL.

Comme il te plaira ; tu n'auras donc pas le plaisir de savourer ma grande tartine sur un sujet bien vieux, mais toujours nouveau.

TIBURCE.

Une élucubration impossible de ton cerveau, encore
sous l'impression du déjeuner. Si du moins elle devait
clôturer cette séance !.....

PAUL.

Je te le promets.

TIBURCE.

Alors j'écoute, surtout sois bref.

PAUL.

A moins que tu ne préfères continuer l'entretien
avec ma tante la très-catholique.

TIBURCE.

Ne raille pas ! Le tout est de savoir la prendre.....

PAUL.

Fanfaron, va ! — Je disais donc, il te reste le haut-
commerce, l'exploitation, la Bourse, et pour bouquet
la société anonyme, j'y tiens. Il suffit de peu de chose
en tant que monnaie, mais une dose considérable de tou-
pet est indispensable. On te demandera ton extrait de
naissance, mais jamais ton extrait de moralité, excepté
en cour d'assises.

Donc nous nous résumons, tu ne veux être ni marchand de morale, de peur sans doute des concurrents
établis sous le titre de (morale travestie) ; tu as raison,
tu te moques de l'exploitation de l'homme par le maître,
le bourgeois, le patron ou le singe, suivant les sphères;
tu te ris de la société anonyme, ici tu as tort ; là seulement est la régénération du monde commercial,
mais il est décidé que tu ne seras rien, je ne vois
maintenant qu'une manière de te sauver; tu as le
journalisme.

TIBURCE, se levant.

Grands Dieux ! vous l'avez entendu, ce Diogène
d'occasion ! ce Vireloque de salle de ventes ! que de
bavardages pour n'avoir pas une solution ; décidément,
Paul, tu n'as pas le vin d'une gaîté folle ; adieu.

PAUL.

Où vas-tu donc?

TIBURCE.

Suivre le convoi du portier..... (il sort par le fond.)

PAUL.

Présente mes doléances à madame Pipelet.

SCÈNE XIII.

JEANNE, entrant par la gauche, regardant Paul.

Mais voilà bien ma prédiction, comme vous êtes fait, monsieur mon neveu.

PAUL.

Il n'est pas étonnant, j'insinuais à Tiburce que tant qu'il n'aura pas de position sociale, vous le refuserez impitoyablement.

JEANNE, avec colère.

Je trouve étonnant, pour ne pas dire hors de propos, de causer plus longtemps de ce petit faquin. N'ai-je pas donné ma parole à monsieur Rousselin.

PAUL.

Possible! mais votre parole pourrait bien ne pas concorder avec la sortie ultra-évaporée de monsieur Anatole !.....

JEANNE.

Une émotion naturelle, au surplus.

PAUL.

Naturelle, d'accord; mais ordinaire, jamais.

JEANNE.

Vous n'étiez pas en état de juger, vous ne pouvez donc pas !.....

PAUL.

Veuillez noter que je n'avais pas encore déjeuné; bonsoir, je n'essaierai pas de vous en dire plus long. (Il sort par la gauche.)

SCÈNE XIV.

JEANNE seule.

Jeanne (réfléchie), que veut dire cette sortie extravagante

de Rousselin !.... Paul lui aurait-il avoué le fin mot de la chose ? c'est probable ; pas de dot, pas de mariage ; c'est ma faute, je lui avais fait espérer, mais cela ne doit pas m'arrêter, je saurai ce qui se passe.

SCÈNE XV.

TIBURCE entre.

JEANNE.

Vous ici, monsieur.

TIBURCE.

Je ne croyais pas que ma présence vous fût si odieuse ; c'est donc un parti pris.

JEANNE.

A prendre ! peut-être.....

TIBURCE.

Des mots, madame.

JEANNE.

Madame, avez-vous dit, mais vous savez bien.

TIBURCE.

J'insiste sur *Madame*.

JEANNE, avec effroi.

(A part.) Mon Dieu, il saurait..... Allons, c'est impossible !...... (Haut.) C'est en effet plus respectueux, vous avez raison.

TIBURCE.

Vous n'ignorez pas, madame, pourquoi vous me trouvez ici ?.....

JEANNE.

Mon Dieu, Monsieur, je m'étonne que vous ne me l'ayez encore dit.....

TIBURCE.

Je réparerai mon erreur, ou mon impolitesse, en vous demandant, sans préambule, une explication sur le mariage de mademoiselle Marthe.

JEANNE, avec hauteur.

Quoique je trouve la question un peu hardie, pour ne

pas dire impertinente, je daignerai vous répondre que Marthe elle-même ne m'a pas fait une pareille demande et qu'elle épouse monsieur Rousselin, parce que je le veux.

TIBURCE.

Et qu'elle ne l'aime pas.

JEANNE.

La charité chrétienne nous ordonne d'avoir toujours à cœur le bonheur du prochain, et puisque vous voulez tout savoir, monsieur, je vous dirai que Marthe, épousant monsieur Rousselin, donnera un asile, non-seulement à celle qui l'a élevée comme une mère, c'est moi, mais encore à son inutile de frère incapable de faire quoi que ce soit après son barbouillage. (Elle montre les tableaux.) Êtes-vous satisfait ?

TIBURCE.

Et c'est avec cette préméditation, cet affreux calcul, que vous consentiriez à jeter Marthe, votre nièce, votre fille presque, dans les bras d'un homme qu'elle ne peut pas aimer.

JEANNE, irritée.

Qu'elle ne peut pas aimer, dites-vous ?..... Votre prophétie est peut-être un peu hasardée !....

TIBURCE.

Je ne prophétise pas, j'assure.

JEANNE.

Et qui donc, s'il vous plaît, vous en a si bien instruit ?

TIBURCE.

Vous me le demandez ? N'ai-je pas promis à Marthe mon amour en échange du sien !... Ne lui ai-je pas juré de n'appartenir qu'à elle ; elle-même m'a bercé dans ce doux espoir, et fort de cette promesse que ce matin encore je lisais dans ses beaux yeux, je lutterai contre monsieur Rousselin ; je l'insulterai, je le tuerai, s'il le faut, mais j'épouserai Marthe !

JEANNE.

Vous êtes fou, monsieur, et s'il faut briser cet entretien qui offense mon cœur autant qu'il offense Dieu, je vous demanderai si un homme d'houneur oserait parler de la sorte, lorsque sa naissance....

TIBURCE.

Eh! mon Dieu, madame, fils légitime ou naturel, affaire de notaire et d'état-civil ; aujourd'hui quel titre est plus estimable que celui d'honnête homme ?...

JEANNE.

Mais qui me le prouve ?

TIBURCE, sèchement.

Ne suis-je pas, comme vous venez de me le rappeler avec une charité toute chrétienne qui fait honneur à vos principes, du nombre de ces opprimés, de ces parias, et à ce titre, madame, je pourrais bien vous poser la même question.

JEANNE, radoucie.

Mon Dieu ! sur quel ton vous le prenez, ne désespérez pas pour cela ! Dieu vous donne le moyen de sanctifier votre existence, et le pardon pour vous et vos coupables parents, la prière !.....

TIBURCE.

Si j'entends bien, vous me donneriez le cloître pour retraite, la cellule pour épouse, et pour enfants toutes les bigoteries et mortifications qui en découlent ?.....

JEANNE.

Quelle horreur !.... Comment avez-vous pu descendre jusqu'à insulter votre Dieu.

TIBURCE.

Je n'insulte pas Dieu, madame, je me ris de ses ministres, ce n'est pas la même chose.

JEANNE.

Vous vous oubliez, au point de nier leur influence sur la société ?.....

TIBURCE, rage concentrée.

Brisons là, madame, une dernière fois !.....

JEANNE, avec force.

Donner Marthe à un impie tel que vous, mais je l'enfermerai dans un couvent s'il le faut.

TIBURCE.

Ce serait de tous les moyens le plus violent et le plus drôle, mais non le plus sûr.

JEANNE, inquiète.

Que voulez-vous dire?.....

TIBURCE, ironiquement.

Oh! rien, que l'air est très-pur, au contraire, le jeûne et la prière l'assaisonnent parfaitement; avec les mortifications pour dessus du panier, on ne peut que vivre fort bien et longtemps.

JEANNE.

Avec l'aide de Dieu, pourquoi pas?

TIBURCE.

Parce que, malgré toutes ces douceurs, il existe au dehors de ces prisons quelque chose de mieux encore et vers lequel tous les yeux sont tournés, les cœurs tout hâletants de saisir. Ce quelque chose, c'est la Liberté !

JEANNE.

On renonce à tout pour le Divin Maître, même à la liberté !

TIBURCE.

Excepté ceux qui, brisant le joug, s'enfuient un beau matin, sous le vain prétexte que leur santé délabrée leur permet seulement de petites privations, à domicile, pour le Seigneur; mais non ces grimaces répétées en public et qui, tout en tuant le moral, éreintent le physique.

JEANNE, de plus en plus inquiète.

Pourquoi dites-vous cela? connaissez-vous une personne assez abandonnée de Dieu pour l'avoir ainsi trahi?.....

TIBURCE.

Peut-être !.....

JEANNE, de plus en plus inquiète.

N'est-ce pas qu'elle est bien criminelle !.....

TIBURCE.

A vos yeux, c'est possible; mais pour moi, elle n'a rien fait que de très-sensé.....

JEANNE.

Vous ne le pensez pas !.....

TIBURCE.

Comme je vous le dis.

JEANNE.

C'est simplement une action abominable !.....

TIBURCE.

Ceux qui n'ont pas puisé dans ce moment de recueillement assez de charité pour pardonner et aimer de pauvres êtres que le destin ou des circonstances fatales a relégué pour ainsi dire hors la société ; ceux-là, oui, vous avez raison, commettent une action honteuse, une hérésie ni plus ni moins.

JEANNE.

Mais vous êtes maintenant plus déiste que Dieu même ; vous allez un peu loin sur le chapitre du pardon des offenses.

TIBURCE.

Et vous semblez l'oublier vous-même !..... madame.

JEANNE, ironiquement.

En tout cas, ce n'est pas à vous, monsieur, de m'y rappeler..... Et je serais bien curieuse.....

TIBURCE.

De ne rien savoir..... mais puisque la leçon part de si haut, le châtiment tâchera d'y atteindre.

JEANNE.

Des menaces, mais vous êtes fou, vous dis-je une seconde fois, et je ne comprends plus.

TIBURCE, colère.

Un peu fou, je l'admets, mais assez pour avoir perdu la mémoire du récit de l'oncle Jean, non !.....

JEANNE, presque suppliante.

Mon Dieu ! mais qui vous l'assure.

TIBURCE.

Votre émotion même, sans aller plus loin.

JEANNE, froidement.

Ah ! vous aviez raison, monsieur, j'oubliais qu'on ne peut reconquérir l'estime des honnêtes gens que par le pardon des offenses..... Mais, Dieu-merci, ma vie n'a été qu'un tissu de bonnes œuvres, de résignation et de courage.

TIBURCE, avec force.

Sauf celui d'avouer votre faute qui est restée ignorée de tous ceux qui vous entourent ; la chance vous favorisa, vous avez perdu un enfant qui vous eût déshonorée, vous sainte fille, mais vous avez volé l'amour de Marthe, et quand je vous supplie de me rendre un bien qui ne vous appartient pas, vous êtes inflexible ; mais dussé-je tout dévoiler, lever votre masque en présence de tous, j'aime Marthe et elle m'appartiendra !

JEANNE, affolée de terreur.

(A part.) Mon Dieu, quel supplice, quelle fatalité.....

TIBURCE.

Je sais tout.

JEANNE, calme déguisé.

Alors vous persistez ?

TIBURCE.

Tout naturellement.....

JEANNE.

Mais qui me prouvera que votre accusation n'est pas une infâme calomnie ?.....

TIBURCE, triomphant, tire une lettre de sa poche.

Rien que cela !.....

JEANNE, se précipitant.

Il me la faut.....

TIBURCE.

Votre dernier mot.....

JEANNE, terrifiée.

(A part.) Que faire, mon Dieu ! (Haut et avec humilité.) Allons, monsieur, je m'en occuperai.

TIBURCE.

J'y compte, madame.

JEANNE sort vivement.

Quelle honte. (A Tiburce.) **Mais malheur à vous, si c'est un piége.**

SCÈNE XVI.

Un commissionnaire de M. Rousselin apporte une lettre qu'il remet à Tiburce.

TIBURCE, regardant l'enveloppe, dit au commissionnaire.

C'est bien. (Le commissionnaire sort), *lisant :* **à monsieur Paul Dumont.** (Allant à la porte de gauche, appelant.) **Paul !... Paul !...** (Se parlant.) **Que veut dire cette lettre portant le timbre de la maison Rousselin.**

SCÈNE XVII.

PAUL, arrivant parfaitement remis.

Qu'est-ce que c'est ? Ah çà ! mais je te croyais déjà loin, mon gaillard. ces amoureux écoutent aux portes, c'est une vraie bénédiction. (Tiburce lui tend la lettre qu'il prend et lit.)

A M. Paul Dumont.

Timbre Rousselin. (Il l'ouvre, la parcourt ; après l'avoir parcouru, avec explosion :) **Grand Jupiter, est-ce possible ? Mercure est-il changé en Vincent-de-Paul ?** (A Tiburce.) **Tiburce, embrasse-moi d'abord.** (Tiburce le regarde.)

TIBURCE.

Ne recommence pas tes plaisanteries.

PAUL.

Tu serais bien vexé de ne pas connaître celle-là.

Marthe, accourue aux exclamations de Paul, s'est arrêtée à la porte du fond.

Jeanne a opéré le même mouvement à la gauche, lorsque Paul s'apprête à lire la lettre à Tiburce qu'il tient sous le bras.

Marthe vient sur la pointe des pieds derrière Paul. Jeanne en fait autant pour se rapprocher de Tiburce.

PAUL, lisant.

Il y a vingt-cinq ans, mon ami Didier s'exilait pour cacher la honte que j'avais apporté dans sa famille.

Il est trop juste que le mal que j'ai fait au père retombe en bien sur le fils qui est le mien.

Je lui rends la fortune et le bonheur ; qu'il épouse Marthe, qui l'aime. Je vous attends tous ce soir chez

moi, le notaire est convoqué pour le contrat de mariage et pour l'acte d'association Désormais, la raison sociale de la maison sera : *ROUSSELIN & DIDIER.*
Je vous attends.

TIBURCE, *hâletant.*

Mon Dieu ! pardonnez-moi, c'est pour Marthe.

MARTHE, *se précipitant vers Tiburce.*

Tiburce ! mon mari.

JEANNE, *derrière Tiburce et à voix basse.*

Et la lettre ?.....

TIBURCE, *lui remettant.*

(Bas.) Et surtout ne la perdez pas, c'est désagréable à trouver ces choses-là.

JEANNE, *triomphant, déchirant la lettre.*

Enfin !...

TIBURCE, *à Marthe, affectation comique.*

Madame Didier, je vous salue !...

MARTHE, *avec bonheur.*

Mon ami !...

PAUL.

Ah çà ! mais que deviendrai-je, moi?...

TIBURCE, *souriant.*

Tu seras mon premier employé, tu rédigeras le discours d'ouverture, de l'influence des queues de morues, et cœtera.

JEANNE, *sur un ton hypocrite.*

Et moi?..... mes chers enfants.

PAUL, *raillant.*

Vous promènerez les enfants, vous, ma tante, quand ils en auront.

MARTHE.

D'autant que ma tante les adore.

TIBURCE.

Il n'y a pas de mérite à cela, c'est si gentil (avec intention) les enfants du voisin !...

PAUL, à Jeanne, pruderie comique.

Vous aurez grand soin de ne pas les faire passer place de la Bourse, vous savez, les trois Grâces pourraient.....

MARTHE, à Paul.

Tais-toi, donc. (A Tiburce.) Je vais faire un peu de toilette.

TIBURCE.

Pour aller chez monsieur Rousselin, votre beau-père.

JEANNE, hypocritement.

Qui s'en serait jamais douté!.....

PAUL, avec intention.

C'est presque mystérieux comme l'histoire de l'oncle Jean.

Jeanne sort en lançant un regard de remercîments à Tiburce.
Marthe sort après elle.

Paul et Tiburce relisent à voix basse la lettre de monsieur Rousselin, avec des marques évidentes de bonheur.

La toile tombe.